KB265465

표현하는 사람들

표현하는 사람들

표현하는 사람들

시표동인 003

도서출판 도훈

활공장滑空場 외 4편

금 시 아

바람의 깃털을 훔쳐와
날개를 전사傳寫해서 새를 만들어 내는 공장이 있다

나비 한 마리 제 등을 찢고 날아가듯, 발의 동력으
로 낭떠러지를 내달리면 등을 활짝 펼치며 활공하는

한 마리의 새,

날개는 공중에 있는 것이 아니라 바람의 틈, 선두
와 후미 그 사이를 신세 지는 일이어서 등 떠미는 경
사를 내달려 바람 속으로 뛰어들면, 날개란 아찔한 벼
랑이 내어주는 난간이란 걸 알게 된다

새는 글썽이는 속도로 날 수 있어
두 발을 구름 속에 숨겨 놓는다

간혹 지상의 어떤 날개는 불량하게 태어나기도
하는데

내 몸에는 대체도 교환도 가능한 몇 벌의 불량 날
개가 있어 지상을 버리고 박차고 오르면 불량은 덜
자란 아기별 하나를 떨어뜨리고 작은 어른별을 하나
건져 올리기도 한다

행글라이더 하나,
태양의 이마에 막 입을 맞춘다

돌 속의 새

돌을 주웠다
새의 한쪽 발이 빠져있는,

새의 한쪽 발을 얻었으니
돌은 두근거렸을 것이다
심장은 파드득
날아갈 꿈을 꾸었을 것이다
분명 돌이 물렁물렁하던 시절이었을 테지
발을 하나 놓고 간 새는 절뚝거리며
어디쯤 날고 있겠다

새의 한쪽 발은
무심코 길에서 차버렸던
풀숲에서 뱀을 향해 던져 버렸던
아니면, 하릴없이 물속에 던져 잃어버린
나의 한쪽 신발이 아닐까
두근두근 꾸었던 나의 꿈

그 꿈 어디쯤에서 한쪽 날개를 잃어버리고
나는 절름발이 새일까

새도 죽을 때는 돌처럼 부서지겠지
돌이 쩍 하고 갈라진다면
저 발은 날개를 달고 비상하겠지
돌을 닦는다
돌 틈 어디에서 외발을 씻거나
공중을 절뚝거릴 새의 발을 닦는다

돌 속의 새 발자국,
생략된 비밀들이 참 뾰죽뾰죽하다

내외內外라는 것,

구불구불 전나무길은 깊어질수록 외지外地,

선재길에서 손드는 여승들을 만났다
열흘에 한 번씩 있는 삭발목욕을 다녀온다는데
갓 삭발한 공양은 푸르고 눈부셔
숲의 적요,
파리한 두상에 미끄러진다

무성생식無性生殖도 없는 자웅동체에도
내외간이 있다면
문득 여승들의 단호한 법복 안쪽이
외간일 것 같다는 생각,

본성本姓은 밖이라 외간과 내간 그 어느 쪽에도
버리지 못할 속세의 날짜는 꼬박꼬박 찾아와 안팎으
로 집요하게 자라고

모두가 민머리 제자들,

　제자들은 삭발목욕 가려면 절간의 뜰과 텃밭을
먼저 삭발하고 정돈하는데 그러나 따로 또 같은 법복
의 내외간은 날짜도 불편해서 목욕삭발의 날짜조차
비구니승과 비구승처럼 엇갈린다

　세속의 날짜를 지운 스님들,

　적멸보궁 오르는 계단마다
애써 피하는 날짜는 금세 또 거뭇하게 자라
선재길에서는,
가끔 마주치는 새소리 규율처럼
아무렇지도 않게 던지는
성별 없는 법복의 안부가 있다

　"스님, 언제 삭발목욕 가시나요?"

대중

할아버지의 일과日課는
저수지와 고래실을 짚어보시는 일로 시작되었다

눈대중과 손대중으로 아스라이 하루를 재보며 꼬
박꼬박 삼시 세끼를 지켜온 것은 다 할아버지의 대중
법 때문이었다

어느 맘 때였는지,

새벽 저수지의 물을 대중해보고 할아버지는 그
저수지에 뛰어든 익사자를 알아맞히기도 했는데

물의 것이 아닌 물체를 알아맞히는 대중 법,
그렇다면 익사의 수위란
사람을 이해하는 대중과 동량이 아닐까

혹자는 능통한 대중의 초과를 경고했지만 할아버

지 손등에서 찰박거리는 시간의 흘수선은 부실한 치
아와 까칠한 입맛으로도 호락호락 가늠되지 않았던
것 같다

　최첨단 IT산업이 들어오고 구름 도시가 생겼다
　수몰된 저수지와 고래실의 흘수선은 표류되었다

　흩어지는 물방울도 이문이라고 그들은 우겼지만,
눈과 손으로 수치를 대중하던 할아버지는 사이버를
사이비라 했다

　그리고, 대중은 돌아가셨다

하추리를 베고 누워

일상이 문득 낯설어지면,
우리는 주술에라도 걸린 듯
산그늘의 짐작을 깜박할 때가 있다

그럴 때면,

해거름 강물이 은갈치 떼처럼 반짝이는,
강줄기가 첩첩 삶의 미로 끝 화살표 같은,

하추리를 베고 누워,

개암나무 열매처럼 툭 떨어지는
맛난 별똥별 하나 주워 먹어볼 일이다
밤새 토닥이며 불러주는
숲의 자장가를 들어볼 일이다

삶의 설왕설래는

다 애기 도깨비들의 장난이다

* 강원도 인제읍 하추리

금 시 아
2014년 《시와표현》 시, 2022년 《월간문학》 동화 등단.
시집 『입술을 줍다』, 『툭,의 녹취록』, 『금시아의 춘천詩_미훈微醺에 들다』, 산문
집 『뜻밖의 만남, Ana』, 시평집 『안개는 사람을 닮았다』 등.

불면 외 4편

김 문

그대를 놓치고 잠을 놓쳤다
불면은 잠에 갇힌 그림엽서,
팔레트를 탈출한 물감들 혼돈의 숲으로 흘러들고
날개 달린 물고기가 비행운을 긋고 사라진 길로
은빛 지느러미들 모여든다

첫 소절을 놓친 노래처럼 무대를 퇴장한 잠
림보의 계곡 어디쯤에 나를 세워두고
베르길리우스는 끝내 오지 않는 밤이다
침대를 빼앗긴 잠의 이목구비가 거울 건너에서
가난한 부족을 두고 온 전사의 수심 깊은 얼굴로
서 있다

인간은 슬퍼하고 기침하는 존재*라고 한 사람
그가 놓친 잠 속으로 슬픔을 찾아 떠났다
나 또한 슬퍼하고 기침하는 사람
사랑을 놓치고 잠을 놓치고 불면을 부둥켜안고

부재의 괄호를 수없이 낳고 버렸다

그대를 만나는 몽유에 천착하곤 했다
붙들고 몸부림치던 불면이라는 연인
인간과 새가 혼재된 새로운 종種을 창조한다

올빼미 안경을 낀반인반조**의 그녀, 밤마다
새로운 창조를 위해 불면한다
욕망은 은유로 하여금 연금술적 창조를 강요한다

새벽녘 퉁퉁 부은 얼굴로 차를 들고 오는 여자
잠이 버린 여자는 왜
헝클어진 머리로 아침의 목을 조를까

* 세사르 바예호 『오늘처럼 인생이 싫었던 날은』 중에서
** 레메디오스 바로 『연금술의 미학』 중에서

눈먼 악사

침묵과 말 사이에 네가 있다

침묵하는 동안 모든 존재는 하나
신의 뼘이 바다의 깊이를 가늠해보는 밤
달은 적막의 치마폭에 사정射精한다
달의 종種은 물의 흉터에서 살이 오른다

비즈 무늬 선명한 소라껍데기 하나
캄캄한 모랫바닥에서 나눈 사랑이라는 참혹
핏물 뚝뚝 떨어지는 문장 한 줄로 급소를 가린 채
포말에 실려 당도한 해변은 껍질들의 유배지였다

애도도 없이 사라진 알몸의 바깥은 지금 칠흑
길 없는 길에서 발 없는 발자국들이 달빛을 부른다

어떤 상처는 아픔끼리 모여서 노래가 된다
층암단애 아래 은밀한 신전의 뜰

밀고 당기는 물의 음보音步를 태중에 품었다
담았으나 채워진 적 없고 비웠으나 부재인 적 없는
천만 가지 이명耳鳴이 깃든 바람의 처소엔
수억 년 적막을 연주하는 눈먼 악사가 산다

악사는 북서풍의 계절을 선호한다
미친 듯 일어섰다 쓰러지는 포말의 음절들
바람에 떠밀려 울부짖음으로 당도하였으니
사무치는 이름을 부르짖기엔
뿔피리만큼 멀리 가는 소리가 또 있을까

한때 집이었고 태胎였고 부름이었던
울음도 말라버린 텅 빈 표피에 박제된 파흔波痕들
껍데기란 말의 까맣게 마른 손가락들이
저릿저릿 찍어놓은 알전구 같은 점자악보
너의 노래는 북소리, 그리운 것들의 환청

오늘 밤은 달빛이 하도 밝구나

천만 건반을 불러 신음神音을 연주하는
눈먼 악사의 발 없는 발자국이
해변을 홀로 걷는 자의 걸음을 훔치는

상실통

젖 때가 되면 저릿저릿 팽창하는 유선들 포만감 없는 구토에 마음이 마음을 버리고 어깃장 같은 모래 감정으로 온갖 사막이 몰려든다

뒷산 당나무 벼락 맞던 밤 젖먹이 어린것 두고 폭우 속으로 떠난 어미를 보았다

애써 빨던 혀를 두고 사라진 한쪽 젖가슴 비릿하게 올라오는 생피 냄새 하데스의 젖줄을 적시며 흘러갔을 진홍빛 울음에 미안하다 말 한마디 건네지 못했다

자책으로 가득한 상실의 방, 몸을 헤매다 돌아온 통증이 밤새도록 잠을 찢는다 어찌 생각하면 통증보다 명료한 내 편이 또 있을까 사라진 자리는 아무것도 사라지지 않았다

간밤 출렁이는 어둠 속에 찾아와 생살 떠낸 자리

에 한 움큼 볼록한 꿈을 놓고 가신 이 누구신가 그곳
은 맛의 첫 성찬聖餐이 차려진 어미로 시작하여 어미
로 당도하는 몸의 성소, 동그랗게 고이는 붉은 기도

　　무너진 한쪽 가슴에 살며시 손을 얹는다 조몰락
거리던 작고 따뜻한 손길이 만져진다 유빙처럼 흘러
다닐 거부당한 몸짓들의 부름, 흑암을 헤매는 몰핀의
시간들, 그 무엇보다 치명적 통증은 상실통이다

돌멩이 하나가 녹는 시간

빗방울
옮겨 심은 모종들이 발등을 내려다보고 있다
허기진 곳으로 몰려가는 온몸
세수하고 남은 물을 들고 밭고랑에 부어주었다

부엌 뒷문 밖으로 개숫물 버린 자국에 걸음이 바
빠졌다
물의 흔적이 주는 언질, 외상 국수 삶아놓고 기다
리는
아버지의 이마가 송글거렸다

빗방울들 모종밭에서 흙냄새로 튀어 오른다
이젠 살았다는 확신, 한 그릇의 국수

사탕
달달한 것이 급한 끼니가 되는 병
사탕 하나에 칭얼거리던 어린 날의 병을 앓고 있다

울음 대신 진땀이 나고 다리가 후들거린다
사탕 한 알의 시간이 필요하고 녹여먹는 몽환 속
으로
사탕 하나가 점점 작아지는 그 사이
서로 다른 세상으로 가는 먼 길이 압축되어 있다
지만
그것은 달달한 생이 풀리는 시간.

\# 돌멩이
계곡 물속에서 우려지고 있는 돌멩이들은 좀처럼
녹지 않는다
돌의 무수한 옹알이들이 물살에 벗겨지고
가끔 비상을 꿈꾸고 뒹구는 돌멩이도 있다
독한 말을 앙다물고 날아가는 돌멩이는 어디에
날개를 숨길까
돌의 말을 받아 적다가 맛있는 말을 삼키고 결국
쓸개를 내어주고야 만 일,

　　모든 정령들의 문자는 돌의 시간 속에 있길 좋아
한다

　　돌멩이 하나가 녹는 시간,
　　시간은 진화를 먹고 화석을 눈다
　　하나의 빗방울은 하나의 사탕
　　저 높은 곳에서 오롯이 당도한 빗방울들이
　　뱃속에 돌을 넣고 물살로 꿈틀거린다

　　ps_돌멩이는 반드시 녹여 먹을 것

옷섶이 열리는 계절

누설된 답안지를 들고 오는 계절
끌고 온 온기들이 꽃밭으로 몰려간다
열리지 않는 문을 두드리다 나염된 손
화단을 잠그고 여는 일은 바람의 일이다

화덕의 시간들은 앞으로만 달리고
마술사의 주먹에서 비둘기가 날고 더는
날릴 것 없는 빈손을 위해 꽃이 핀다

피가 뜨거운 시절 다른 색의 손을 가진 적 있다

삶은 시간의 수수께끼와 무수한 오답
하나의 질문 부호가 갸우뚱,
제 목을 지면 위로 들이미는 일

책장 넘기는 소리가 책벌레를 부르듯
속을 뒤집어 솔기를 드러내는

분 냄새 진창으로 풍기며 피는 꽃도 있다

마지막 꽃잎이 색을 가두는 계절
유원지 그늘에 생수 몇 병 막걸리 몇 병 담가놓고
행락 철이 지나간다
꽃이 지고 나면 잎들은 왜
누군가에게 용서를 구하듯 흔들리는 걸까

울음과 눈물은 서로 다른 가계
공중에도 좁고 어두운 골목이 있어
시고 떫은 것들 고만고망 모여 있다

가시나무는 꽃을 앓고 나서 가시가 더욱 튼튼해
졌다

김 문
2016년 〈시와표현〉 등단.

뿌리 염색하는 날 _{외 4편}

김 연 화

지구를 한 바퀴 돌아
생명으로 자란 어머니 몸은
반지

도서관 뒤편 숲에서는
아카시아 향이 오후를 맴돌고 있다
도서관을 오가는 순환 버스를 타다 보면
문득 길도 반지처럼 내게 껴온다

주름이 자글자글한 내 이마를 거울과 마주하니
스믈스믈 피어나는 하얀 지구본 머리통
아직도 빼지 못하는 몇 줄의 이력을 위해
나는 밀가루 풀 듯 염색제를 풀고 있다

한 올, 두 올 무명실을 뽑아
하루, 일 년 마음을 기워
그 많은 별을 시침질했을 어머니

가르마 하얀 머리밑부터 귀 언저리를 돌아
지구 반대편 뒤통수까지 돌고 돌아
뿌리 염색을 한다

어머니가 주신 마지막 선물
하얀 머리카락이 바람에 휘날리며
내 등기부등본에 앉아 있다

소금밭에 송홧가루 날리다

당성을 걷는다
구봉산 정상 돌성이
하늘을 맞닿아 둘러앉아 있다
마산포가 내려다보이는 능선을 따라
소나무들이 바람을 껴안고
서로의 가지들을 받쳐 주고 있다

망해루지에 올라 서해 바다를 본다
바닷물과 섬이 부딪히며
바위가 쪼개진 자리
햇살이 바위틈을 지나고
바람은 깊게 숨울 모았다가
마산포 갯벌을 토해 냈다

간척사업으로 사라진 마산포 소금밭
발바닥에 달라붙은 소금 굳은살을
낫으로 긁어내던 아버지

목도질로 움푹 파인 아버지 양어깨엔
아직도 소금꽃이 피어 있다

소금물을 통통하게 품었던 함초 꽃대가
갯벌에 하얀 소금을 내뱉었다.
어머니는 통통마디 마른풀 가지로
불을 살라 자염을 끓였다

짭짤한 나문재 풀 가지를 꺾어 먹어본다
오래전 소금밭에 앉아
퉁퉁 블은 어머니 젖을
달게 먹었던 바로 그 맛이다

이따금씩 내린 비는
간수통 바닷물과 서로의 몸을 알맞게 섞고 있다
소금밭에 노란 송홧가루가 내려앉았다

네온 꽃

내 몸을 보세요 가만히 들여다 보세요 아크릴 겹
겹 감아쥐고 네온을 내어 거는, 여기는 꽃밭이에요
사람들은 기호에 맞춰 삼삼오오 저녁이 되네요 날 보
고 속을 더듬어 찾아 가네요 젓가락 짝을 맞춰 누구
나 털어놓고 싶은 게 있듯, 눈빛이 내어져 있네요 어
떤 사람은 연애를 위해 어떤 사람은 직장을 위해 또
어떤 사람은 맛을 위해 식욕을 건드리고 있어요 꽉찬
소음을 조용히 들어 보세요 맑은 귀 있으면 들릴 거
에요 사람과 사람 사이 연결되어 있는 목소리를, 환
하게 켜져 또박또박 읽히는 밤을, 누구는 울고 누구
는 머리를 묻고 또 누구는 액정을 들여다보는 자정이
오고 있어요 모두 돌아간 새벽 골목, 나는 스르르 어
두워져야 해요 쓰레기 더미와 다 헤진 간판 모서리와
웅웅거리는 전선줄기의 숨소리를 천천히 내려다보
며, 나는 또 콘센트 끝에 시들어 있어요

엄지 호박

　우리 할부지 손이 할매의 허리를 감아 신방에 호롱불 키웠다네 그 넝쿨에 하나둘 자식이 주렁주렁 들어섰다지 우리 할매 늘 하는 말 니가 기중 이뿌다, 엄지손가락 꼽네

　긴 곰방대에 담뱃가루 꼭꼭 누를 때마다 내 눈은 할매 엄지손가락을 따라다녔지 엄지 지문에는 할매와 산나물 캐러 간 산모롱이 길이 있었네 안방 천장 가득 담배 연기가 하늘 높이 피어오르던 날, 할매는 내 손에 엄지만 쥐어 주고 눈을 감았지 나는 흙바닥에 주저앉아 발버둥이를 쳤네

　그 후로 오랫동안 넝쿨처럼 계절이 지나갔지 이제 나도 꽃 피울 때가 되었을까 한 사내가 내게 엄지를 지켜오는 그해 여름, 오이 박스에 담긴 고물고물 작은 손을 만져 보았네 할매 닮은 여섯 손가락을 엄지처럼 좍 펴고 있었지 내 텃밭에는 호박 넝쿨이 꽃봉오리를 담장 위로 하나씩 치켜세우기 시작했네

한강을 읽다

시선이 뚝 떨어진 자리에 강물의 문장이 있다
누군가 바라볼 때마다 시작되는 쪽에는
여울이 행간으로 흘러간다
한강에는 건져낼 수 없는 슬픔이 많아
안개는 항상 난독이다
아득한 현기증처럼
날아오르는 새 한 마리 행로가
긴 갈피끈으로 강을 가로지른다

때론, 읽지 말아야 할 구절이 있는 법
추락한 자가 마지막으로 짚어보는
페이지, 강은
눈이 시리도록 햇살을 받아적는다

도도하게 흘러가는
강의 서사

방죽으로 떠밀려오는 물살에도 쉼표가 있다
교각이 줄지어 버티고 선 틈으로
몇 개의 단행본 바람이 꽂힌다
오후를 반으로 접듯
유람선이 천천히 포말을 덮어갈 때
눈물이 그어가는 밑줄

눈 감아도 만져지는 점자처럼
읽혀 오는 저물녘,
보도블록 틈새마다 기억이 새겨져
돌아오는 내내 당신을 놓을 수 없었다

김 연 화

경북 김천 출생
장안대학교 문예창작학과 졸업
협성대학교 문예창작학과 졸업
2018년 〈시와 표현〉 등단

발묵潑墨 외 4편

김 희 숙

밀밭이 이쪽에서 저쪽으로 휩쓸린다
흩뿌려진 씨앗들은
휩쓸리는 풍경이 된다
한 번씩 밀려왔다 밀려갈 때마다
푸른색을 버리고 누르스름한 색을 묻혀오는
바람 타고 노는 것이다
밀밭 위쪽으로 붉게 노을이 밀려와 있다
붉은 발묵潑墨으로 번져있다

밀밭 위 하늘은 간지러운 것이다
누렇게 익은 껍질 속에는 터질 듯
흥분이 숨어있는 것 같지만 사실
그 껍질 속에는 젓가락 반기는 국수가 들어있고
노릇노릇 빵이 들어있다

검은 먹 갈다 잠든 어릴 적 같다
고조부는 하늘에 살짝 먹을 스쳤을 뿐인데

얼룩진 노을 저편
둥그런 하늘의 귀퉁이마다 번져 나오는 발묵潑墨

밀밭 끝이 까끌까끌하다
끼니는 다 저렇게 까끌까끌한 것들에서 나온다
가끔 입 안이 까끌까끌한 것도
까끌까끌한 세상에서 지친 바람 탓이다

여름, 몇 번의 발묵潑墨이 번져 갔으나
변변한 묵화 한 점 건지질 못했다
판 걷어치우고 나면
뭉쳐서 집어 던진 화선지 몇 뭉치
여전히 하늘에 뭉게뭉게 떠 있다

어린 양

그 옛날 종려나무 밑에 어린 양을 묶어놓고 나는
깜박 잊고 다른 나라에서 태어났다 순종하는 어린 양
들은 흩어지는 구름의 날씨가 되었다

태초에 풀씨들이 하늘에서 쏟아졌다 어린 양들은
풀밭을 관리하는 별자리들이 되었다 지금도 봄이면
지상의 들판마다 풀씨들을 쏟아내는 파종법이 있다

황폐한 사막엔 뿌리가 깊은 나무들이 있고 그 뿌
리는 열대의 어느 우물과 연결되어 있다고 한다 그
나무에서 4월의 가시면류관은 새싹으로 부활하였다

4월의 바람 속에서 따뜻한 소리가 어린 양들을 부
른다 문득 내가 묶어두고 온 어린 양이 치렁치렁 울
고 있을 것 같기도 하여 자꾸 기도하고 싶은 것이다

열린 소리들은 닫힌 세상의 대답이고 닫힌 대답

은 깊숙한 곳의 소리들이다

　어린 양은 지금쯤 제 고삐로 면류관을 만들었거나 묶인 말뚝을 강대상으로 쓰고 있지는 않을까 안타까이 여긴 어느 목자가 어린 양의 목에 메아리를 넣어주었을지도 모른다

진창의 누각樓閣

뇌수술을 한 친구의 문병
명징했던 한 인간의 누각樓閣이
고작 작은 실핏줄 한 가닥에 의지했었다니
어눌한 말투와 점령당한 뒤
남루한 표현들로 수습된다니
평생을 쌓은 높이가 한낱
어린아이가 뛰어 올라와 놀고 있는 높이라니

가는 실핏줄을 오르고 있었던
불시不時를 살피지 못한 아둔함을 답습하고 있었
다는 것
끝자락까지 뛰어간 생의 전환점에서
아이가 된 친구는
하루가 다르게 쑥쑥 자라겠지만
그것 또한 늙은 고아라는 것

병실 창밖에 실핏줄 같은 빗줄기가

돌고 도는 뇌하수체인 듯 어지럽다
이제 빗줄기 그치고 맑은 날 와서 나들이나 가자고
다독거리고 돌아선 길
요란한 빗소리가 어느새 잦아들고
또 고요해지고
나는 이 우기雨期의 누각을 접어
지팡이처럼 젖은 길을 짚고 있다
때론 가장 높은 곳이
가장 남루해질 때가 있다.
펼친 순간엔 가장 높았던 곳이
접고 나면 가장 밑바닥이라는 것
그 끝에 어디서 묻었을 오욕이
뚝뚝 떨어지고 있었다

속도는 둥글다

한계속도를 표시한 표지판은 둥글다
규정 속도를 벗어나 달리다 보면
딱 마주치는 부릅뜬 눈 같은 것
서둘러 속도를 줄이는 이 다급한 관계는
어떤 시속의 속력을 두고 있는 사이인가

사람의 눈에는 각자
다른 속도가 있다
시속의 빠름으로 다그치는 눈빛
그때마다 뒤로 물러서는 속도가 있다고 믿지만
그것은 주춤거림으로 당신을 지나칠 뿐이다

속도와 속도가 맞붙는 것을 본 적이 있다
같은 속도로 맞부딪히는 순간
거친 반동을 잡고 휘몰아치는 각자의 폭력
서로의 실체가 찌그러진
관계가 되는 것을 본 적이 있다

파편이 튀고 연기가 나고
우리는 잠시 눈물을 흘렸던가
혹은 비명을 질렀던가
빠른 것들이 숨는, 관계가 있다

우리는 각자 눈 속에 속도를
숨기거나 들키며 살지만
부릅뜬 그 눈 속으로 들어가거나
내 눈 속에 넣고
조용히 눈 감고 있는 것이다

색이 흐르는 단풍

숲속에 취한 함성들이 많다
바람이라도 불라치면 쏴아,
가을의 고성방가가 들린다
한 잔의 권유를 차마 뿌리치지 못하고
붉어져 가는 노을과 물드는
들판의 끝자락들

불타는 도시를 바라보던 폭군이
거기 웃고 있다
한 잔 한 잔 기울어져 가는 불길은
더 빨갛게 번져
부끄럽다

그 숲속에
퇴근길 붉은 얼굴들이 모여 앉아
허심탄회 얼큰한 바람을 주고받는
늦가을 단풍들이 북적거리다

바람결에 가장 낮은 곳으로 밀려가서
붉은 양탄자 위에
길게 눕는 꿈들을 꾼다

붉은 얼굴들은
어두워진 골목을 밝히며 귀가한다
내일도 출근해야 할 계곡과 지평선과
늦가을이 있다

김희숙
2011년 〈시와표현〉 등단. 시집 『곡물의 지도』. 2017년 세종우수도서 선정.
〈시와표현〉 편집장, 편집인 역임.

호두학개론 외 4편

려 원

지구의 몸무게는 호두 한 알의 무게

호두까기인형이 지구의 속알맹이를 다 까먹어버
렸는지

모를 일이야

호두의 입장에서 몰입하다가

자전축의 생각을 쓸쓸하게 짚어보기로 해

당신이 사다 준 호두알을 손바닥에 올려놓고

적도와 위도로 굴려보면

우리의 안쪽과 바깥의 온도 차가

손 안에 꽉 쥐어지지

그때 별자리를 이루는 궁합

엇갈린 애정운과 이별수가 자주

교차되고 있었지

이상한 침묵도 이상하게 서로 딱딱 소리를 냈었지

무심코 호두알을 손바닥에 굴리는 건

벗은 지구의 느낌

호도의 저지선을 무조건 깨트려 보고 싶은 것뿐이야

돌 속의 사과

꽃이 몸을 피웠어

사과를 먹다가 뱉은 씨

몸속에 단단한 증표로 박혔지

씨의 연애법 난 그런 거 몰라

치렁치렁 잘 엮여가는

사랑

그까짓 거 바깥으로 차버리면 되지?

망설이는 동안

붉음을 꿈꾸는 시간이 왔어

쪼개보면 오래 묵은

말

하얀 돌부리 위에

적어놓은 그 말 난 아직도 몰라

툭

떨어진다 몸의 바닥으로

하얀 토끼를 따라가다 보면

토끼를 따라가는 건
하얀 토끼가 빨간 눈을 가졌기 때문만은 아니에요
숲속에서는

아무리 눈이 충혈돼도
누구 하나 빨간 눈을 들여다보며 이상하다
왜 그러냐고 묻지 않아서 좋아요

눈물을 왈칵 쏟아내기 좋은 나이
저만치
노을이 깊어져요

하얀 토끼 발자국을 하얗게 따라가다 보면
노을에 물든 것 같이 빨간 눈을 가진
토끼를 만날 수 있지요

토끼는 충혈된 눈으로
우두커니 먼 산만 바라다보고 있습니다

토끼의 눈동자 깊은 곳에 온통 붉은 저녁노을이
깃들어
새끼를 쳐요

노을의 걸음마를 계속 따라가다 보면
세상에서 가장 안전한 동굴에 이르게 되지요

동굴은 노을을 위한 집
저녁노을에게도 집이 있다는 것을 알게 되지요

동굴 속에 하얀 토끼털이 자라나
순결한 어둠은 어느새 알을 품은 새들의 둥지처럼
포근해져요

하얀 것들은 붉은 눈으로 바라다본 세상처럼
투명해서 기뻐요

빗물 살인사건

이번 사건은 긴 장마로 이어지겠습니다

실컷 빗물로 얻어맞은 멍의 후예들이 공중에서
발광합니다 그녀의 약지가 구름에 미끄러져 골절되
었습니다 물속에 뿌린 언약들이 사라지고 없습니
나비구름은 한몸이 되어 천둥번개 소리를 냅니다

푹신한 계절이 허벅지 사이로 흠뻑 젖습니다

빗물은 훌쩍훌쩍 끊어졌다가 이어집니다

곧 그녀의 전신이 빗물에 비칠 테니

눈물주의보를 내려야겠습니다

그녀가 빗물을 싹둑싹둑 잘라냅니다

사실은 빗물이 그녀를 자르고 있습니다

빗물에게 수배령이 내려졌습니다 그녀의 눈썹에
장대비의 설움이 그려졌습니다

살인의 기억은 빗물의 숨통을 끊는 것입니다

스타벅스·모비딕

커피 잔 속 모비딕

슈핑크림 어린 연애처럼 소용돌이쳐요

머리가 흰 수염 고래로 주세요

빨리 희어지고 싶어요

출렁이는 언어는 이제 감당 못해요

태평양을 건너는 동안 고래들은 얼마나 수다스
러웠을까

연애를 마시는 동안 포경선 피쿼드에 대항하는
모비딕

더는 스타가 될 수 없는 나는 흰고래 수염을 마셔요

시집 「꽃들이 꺼지는 순간」, 「그 해 내 몸은 바람꽃을 피웠다」 외.

눈을 깜빡거려 봐 외 4편

문 진 희

병실에 누워있는 너에게로 가는 길은 제한 속도가
없다
가로등의 눈이 짓무르고
십자가 어깨 위로 달이 떠오르면
병실 안 알전구도 촉촉한 눈망울을 하고 있다
어느새 침상에 누운 너의 새는 날개를 접고
하루의 목숨을 뱉는다

의사 선생님이 마법사였으면 좋겠다
그러면, 밤마다 모자를 나에게 선물할 텐데
그 모자에 별도 달려 있겠지

모두가 플라스틱 코끼리를 키우고 목소리를 낮추는
병실 안에서 오늘따라 목걸이가 나를 조여 온다

조금 있으면 또 하나의 달이 뜰 것이다

새가 되고 싶은 고양이는 노을을 깨뜨릴 것이고

너의 얼굴에 나의 얼굴을 묻고
너의 잠에 나의 잠을 보태본다.

바람이 밤새 바느질을 하는 동안
싹틔운 희망이 꼬물거리며 하품을 한다.

웅도

충청도 서산에 나는 작은 섬 하나를 가꾼다
뱃길이 있다가 없다가 하는 섬
손가락 너머 기억으로도 갈 수 없는 웅도는
내가 마음으로 가꾸는 섬

거기에서는
바닷새들의 울음이 우거진 파도를 가른다
파도가 거칠어 졸아드는 너는 내 안 어디를 떠도
느냐
심해에서 떠오른 너
기억 너머에서 찰랑이는 너

난 죽음을 꿈꾸며
아픔을 잊으려 너를 찾았다
내 일기장 속에서 언뜻언뜻 고개 내미는 너
내 잃어버린 30대 후반에 똬리를 틀고 있어
아직도 홀몸으로 나의 밤을 지새우는 너

봄이 비스듬하면
구름은 언덕이 되네
꽃나무들이 끼익 놀라서 앞다투어 꽃봉오리를 피우
기도 하지
지천에서 솟아나는 봄나물과 봄향기로 자욱한 웅도
갯벌엔 낙지, 쭈꾸미, 옆걸음으로 기어다니는 게와
조개류들이
허공에 목소리를 띄우지

아무리 밟아도 말을 듣지 않은 내 삶의 브레이크
아마 봄이여서 그랬을 거야
오히려 꿈틀거려서 지금껏 살 수 있었어

오늘도 개가 짖는다
개구리가 운다
파도가 부르릉거린다
봄바람의 풍향계로 돌아가는 웅도에서는
꺾인 꽃나무처럼 봄을 기다릴 수 있겠지

비가 오면 연두색 네일아트를 한다

불광천 물새들의 속삭임
비가 올 거 같다

그리고

수런수런, 추적추적
인기척이 일고
물 냄새가 목소리를 높인다

비다
소녀의 과거를 일깨워
크리넥스를 뽑아가며
제 사연을 궁시렁거린다

어제의 나는 왜
바스라질 것처럼 몸을 떨었을까

오늘은
연두색 네일아트를 하고
초록 쪽으로 무작정 거닐 거다

속눈썹이 길어져야 눈을 깜빡일 때마다 인형처럼
예뻐 보일 텐테
파마자유를 발라볼까

비는 바다를 끌어당기고
저만치
젓가락으로 노를 젓는 어부가 있다

외로 된 약속에는
연두색 네일아트가 반짝인다

뚜벅이 남친

첨 만날 때부터 남친은 차가 없었어요
차가 있는 커플이 간혹 부럽긴 하지만
차 없는 뚜벅이 남친이 싫지는 않았어요

뚜벅뚜벅, 그 풍경에 매달릴 수 있으니까요
편하게 데이트도 하고 맛집도 가고 여행도 가고
싶어서

차를 사자고 조른 게 5년
낡고 멋없는 오토바이를 태워줬어요

차를 사자고 하니
빨간 헬멧을 사주었고
뒤에 태워 라이딩을 하며 바람을 맞는 것이 나쁘
진 않았어요

그러다가 또 조르니

이번엔 핑크색 자전거를 조립해서 선물해 주었어요
자전거의 페달을 밟고 봄날의 바람을 맞으며
머리카락이 흩날렸어요

계절의 경계를 걷는 목련
봄비가 내리고 목련의 혀는 길어져요

이제 산책을 많이 해요
강아지와 동행하는 불광천에서
우리의 꿈을 키워가기도 해요

대중교통만 이용할 때 힘들고
자전거나 오토바이가 지겹기도 하지만

뚜벅이 남친은
내가 가꾸고 꿈꾸는 미래니까요

봄의 랩소디

일회용 잔에 담긴 카푸치노를 한 손에 챙겨들고
황색 블록을 따라 걷는데
와락, 달려드는 풍경

혼자이거나 팔짱을 꼈거나 목 없는 구두들이
종이컵에 매달려 있다.

유독 까맣던 너의 눈동자처럼 까만 짜장면을 먹
은 날엔
까만 아이스아메리카노를 마신다.

너의 목소리에는
낭떠러지가 있어.
너는 버려진 말들로 노래하곤 했지.
그 노래 속으로 걸어 들어가는 한낮

이 봄을 켜는 목련

나는 목이 긴 물고기일지도 모른다.

풍향계에 걸린 오후
기억의 왼쪽에 텃밭을 만들어 가꾸어야지.
지렁이의 언어로 텃밭을 가꾸는 3월

내 외로움의 오른쪽에 작은 집이 하나 있다.

손가락이 길어지면서
내 눈동자에서 하늘이 무너져 내리고 있다.
나는 오늘 늙고 싶다.

떠내려가는 봄에 빨대를 꼽는다.

문 진 희
2019년 〈시와표현〉 등단.
숭의여대 문예창작학과 졸업

벽두 劈頭 외 4편

박 무 웅

벽두부터 사람이 왔다.
오늘 온 사람은
작년에 왔던 사람과는 다른 사람이다.
살면서 항상
실천보다 머리를 먼저 보냈다.
머리로 들이받고 굴리고 골똘하게 궁리했다.

벽두란
머리로 먼저 깨지 않으면
앞으로 나아가지 못한다는 말이다
머리는 겉이 깨지면 피가 나지만
그 궁리가 깨지면
지혜가 트인다.

몸부터 먼저 가서
머리를 기다리는 일들을 본다.
그 사이 몸은 지치고

일들은 다 도망간다.

벽두, 첫날에 올라탔으니
이제부터 매일, 매일에 선두다.
벽劈을 깨트렸으니
밀고 나가면 된다.

머리는 봄과 여름, 가을을 지나쳐
올 연말을 둘러보러 벌써 출발했다.
나는 새로 도착한 사람,
벽두라서 머리가 근질거리는 사람
태양이 미명未明을 깨듯
초승달이 캄캄한 밤하늘에 작은 틈을 내듯

벽을 깨고
선두가 되는 사람

향혈響穴

향혈響穴이라는 곳
가벼이 혀를 놀리는 훈수꾼의 혀를 잘라 그 피로
채운다
난무亂舞하는 바둑판 앞에선 쟁쟁 돌 놓는 소리
그 소리를 떠난 돌이 가지런해지는 소리

가벼운 훈수는 응집된 수를 헤집고 사활死活을 간
섭하며
날뛰는 바람같이 혹은
중심이 없는 구르는 돌 같아서 진영陣營 없는 논
리와 같다
침묵, 그 속엔 광활한 수 싸움이 벌어지고
함성이 뒤섞이고 수세守勢와 공세攻勢가 번갈아
들 때
누구도 그 관망觀望을 깨서는 안 된다
함부로 뛰어든 훈수
천지의 받침대를 빼서 지릿대로 쓰는 일과 같다

한 번쯤 바둑판을 엎어보지 않고는 쉬이 발견되

지 않는 곳
　　온갖 허수와 묘수의 돌 놓는 소리를 들어 온
　　바둑판 밑 향혈이라는 곳

프로professional

바람과 중력이 가득한 공중을 가로질러
긴 포물선을 남기며 화살 하나가 날아가 박힌다.
그 화살 하나에는 수많은 함성과
또 아쉬운 탄식이 들어있기도 하다.

양궁선수들을 볼 때면
프로라는 말이 절로 입속에 고인다.
그들은 만원 관중의 야구장이나
광장 한복판의 수많은 소음들 속에서
과녁 하나를 골라내는 일을 연습했다고 한다.
그것은 악조건을 배우는 것이다.
쉽고 편안한 과정이 아니라
온갖 난제難題를 앞에 세워놓고
그것을 뛰어넘고 피해가는
그런 과정을 통해
최선을 연습하고 배운 것이다.

그것은 얼굴에 주름 하나를 새기는 일이고
먼 곳의 지평선을 눈앞에 데려다 놓는 일이다.
프로는 수많은 노력 중에서
단련된 자신을 골라낸 사람이다.
세상의 명중들이란
늘 그 자리에 있는 것 같지만
셀 수 없는 화살을 허방으로 날려 보낸 다음에야
비로소 찾게 되는 곳들인 것이다.

원점이 있고
그 원점의 가장 가까운 곳을 지나
비로소 명중에 다다른 사람을 가리켜
프로라고 한다.

숨어있는 불

숨어 있는 불을 아시는지
한 겹 식은 재를 덮어쓰고
숯의 내재율 속으로 들어가
고요히 풀무질을 기다리고 있는
대장간 화덕 속의
숨어있는 불

오늘같이 으슬으슬 몸이 추운 날엔
그런 숨어있는 불이 생각난다
조금만 바람을 쏘여도
파랗게 살아나는 불 한 줌을 얻어다
불씨로 쓰고 싶다

그런 불 얻어다
힘찬 풀무질로 활활 살려서
제멋대로였던 옛날의 내 성질을 다듬을 수 있고
아직도 치솟는 이 무모無謀를

땅땅 두들겨 온순한 형태로 만들 수 있는
무딘 쇠를 순응하게 하는
일하는 불로 쓰고 싶다

그러나 싸늘하게 식은 줄 알았던
내 속을 부젓가락으로 파헤치면
거기 검은 숯덩이 속에
웅크리고 있는
숨은 불씨 몇 덩이 아직 있다

부드러운,
아주 부드러운 입김으로
누군가 후후 불어만 준다면
다시 파랗게 되살아나는
봄볕 같은 불씨가
두근두근 숨 쉬고 있다

이만하길 다행이다

비록 얼굴의 반을 가리긴 했지만
이만하길 다행이다.
잦은 말실수 탓에 말 많고 탈 많은 입을
모두가 공평하게 가렸으니
그만하길 다행이고
마음을 전한다는 눈은 가리지 않았으니
이만하길 또 다행이다

미안해, 사랑해, 같은 말을 가린 건 아니어서
다독다독 위로를 받아야 하는 등이 아니어서
밝고 명랑한 웃음소리와
슬픔 앞에서 터져 나오는 울음이 아니어서
또 이 말 저 말 지혜롭게 가려듣는 귀가 아니어서
맞으면 끄덕이고 틀리면 가로젓는 고개가 아니어서
서로 논의할 수 있는 의논이 아니라서
양손 양발이 아니어서
그중 또 다행인 것이다

말없이 웃는 미소를 못 보는 것이
안타깝긴 하지만 조금만, 조금만 참으면
예전으로 돌아갈 수 있다니
불행 중 다행인 것이다

박무웅

1995년 《심상》 등단. 시집 『패스 브레이킹』 외. 2014-17년 세종우수도서
3회 선정. 2015년 한국 예술상 수상. 2006-7년 화성시 예술인총연합회 회
장 역임. 현 한국시인협회 이사. 현 충남시인협회 회장

바다 위를 걷는 파도 외 4편

송 연 숙

허물을 벗으며 바다 위로 걸어오는 파도
영금정 바위에 허물을 하얗게 벗어놓고 되돌아간다

나는 파도처럼 허물이 많은 사람
부서지기 쉬운 마음을 가진 사람
높이를 알 수 없는 파도를 만날 때마다
나는 나를 위한 신을 만들고 의지하며 살았다
허물 많은 사람이 만든 신은 더 허물이 많아서
종종 나를 배신하거나 부숴버리곤 했다

그런 날은 영금정에 와서 우두커니가 된다

파도 속으로 사라졌다 물 위로 떠 오르기를 반복
하는
갈매기 한 마리
마음 졸이며 바라보는데
도통 물 위로 날아오를 생각을 하지 않는다

나도 따라 한 점이 되어
바다 위를 떠돌거나 파도에 휩쓸리거나

영금정 기둥에 기대서서 눈을 감으면
바다의 속마음을 길어 올리는 거문고 소리
척추를 타고 서늘하게 울린다

파도 위를 걸어와 손 내미는 사람
그 손을 잡았는지
파도 속을 드나들던 날개 한 벌
날아오른다
날개 속에는
바다처럼 허물 벗은 하늘과 구름이 들어 있다

봄의 성호

약사동 망대 가는 골목, 늑골 사이가 노랗다

좁쌀보다 작아서
돋보기를 들이대야 겨우 보이는 꽃
무릎 구부리고 앉아 그 꽃잎 세어 본다

온몸으로 십자 모양의 성호를 그리고 있는 꽃잎
다닥다닥 발소리가 들린다

실오라기처럼 가는 다리를 가진 이 꽃에게
봄은 왜, 전령사의 사명을 맡겼을까
봄소식 적은 두루마리 둘둘 말아
이 코딱지만 한 꽃 어디에 숨겼길래
얼마나 신신당부 다짐을 받았길래
바람의 숨소리에도
온몸 파르르 떨며 얼굴 노래지는 꽃
골고다의 언덕 같은 골목길을 오르고 있다

시멘트 바닥 틈 사이에
생강나무꽃 환하게 기다리는 녹슨 대문 앞에
공터를 개간한 텃밭에
아무도 눈여겨보지 않는 무심의 들판에

이 꽃이 뿌려 놓은 봄소식을 밟지 않을 수 없다
차오르는 숨을 닦으며 오르는 골목길

눈보라와 얼음과 겨울바람의 한통속을
실오라기 다리로 쉼 없이 달려왔을 꽃다지
봄이 왔다고
노란 손수건을 한없이 흔들고 있다
아지랑이를 흔들어 깨우며
전령사의 소명을 다하고 있다

공복의 숲

겨울 숲은 공복이다
바람이 손가락을 깊숙이 밀어 넣어
마른 잎들을 토해 놓으면 나무들은 비문이 된다
무엇을 먹어도, 먹지 않아도
소화되지 않는 문장들
아름다운 잎과 꽃을 달고도 열매가 되지 못하는
문장들이 나무에게도 있다
왕성했던 식욕을 접고
나무는 몇 달째 속을 비우고 있는 중이다

선 자세로, 밤낮없이
비어 있는 속을 들여다보거나
두 손을 들고 통성의 기도를 올리는 일이
이 계절의 나무가 할 일이다
시집 한 권 세상에 내놓았다가 회수해서
모두 불태워버렸다는 시인도
이 계절, 자신의 내부를 들여다보고 있을 것이다

바늘 끝 같은 소나무 잎들로 채운 등산로
소나무가 버린 말들이
발밑에서 부서진다
누군가 팔짱을 끼고 앉아
바늘 끝처럼 버린 말
나의 숲에 들어와 겨울나무처럼 서 있다
어느 가지를 잘라내야 이 무게를 감당하나
자존심의 무게와 현실의 무게를 놓고 저울질하다
보면
씹히지 않는 날것의 밤이 푸석하게 익어가고

산 사람은 살아야지
밥숟가락을 쥐어 주던 핼쑥한 얼굴의 햇살
공복에 맨밥을 삼키는 일은
찔린 가시를 밀어내는 일이어서
씨눈 같은 문장을 만드는 일이어서
공복의 숲은
맨밥 같은 눈송이들로 허겁지겁 속을 채우고 있다

트로반트

자라는 것은 갈라지는 것인가요
뭉쳐지는 것인가요

냇가에서 손바닥만 한 석영을 주운 적 있습니다
수정은 물을 주면 자라는 특성이 있다기에
어린 나는 날마다 물을 주며 기다렸습니다

머리맡의 돌은 좀처럼 자라지 않았지만
상상 속의 돌은 물 댄 동산 나무같이 잘 자랐습니다
실핏줄이 돌고
맥박은 어찌나 힘차게 뛰는지
태아의 심장 소릴 듣는 것처럼 흥분되었습니다

빗방울이 빗방울끼리 뭉치며 자라듯
바위는 바위끼리 뭉치면서 자라고
트로반트, 그 단면을 자르면
지문 같은 나이테가 보이기도 했습니다

경금의 사주를 지닌 나는 바위를 닮았다고 합니다
바위를 닮아 변함없고 책임감 강하지만
남자를 깔고 앉는 형국이라고 하네요
바위에 깔려 낑낑대고 있을 그 사람을 생각하면
가을바람 같은 쓸쓸함이 지나가곤 했습니다

내 바위의 크기는 얼마나 될까요
노을 지면 연보랏빛 환상에 잠기는 울산바위나
구름의 놀이터가 된 금강산 일만 이천 봉쯤은 되
고 싶은데

냇물에 머리를 푼 구름이 바위를 이고 흘러갑니다
매일 자라는 바위의 엉덩이가 아무리 무거워도
저 구름만 있다면
이번 생의 나들이는 얼마나 가벼울까요

자라는 것은 흩어지는 것인가요
뭉쳐지는 것인가요

육각-피라미드 모양의 석영이 자라
성城의 기둥이 되고 지붕이 되었습니다
허공으로 떠 오르기 시작한 성은
깃털 구름처럼 흩어지기도 하고
양털 구름처럼 뭉쳐지기도 합니다

트로반트: 루마니아 블체아에 있는 자라나는 돌

신과 발

신발은 신과 발이 함께 걸어온 흔적
신은 나의 발을 감싸고
나의 발은 신이 가고 싶은 곳으로 신을 안내하였다

신을 벗으면 발까지 벗겨진다
르네 마그리트가 벗어놓은 발을 책상 앞에 걸어
놓고
내가 걸어 온 발에 대하여
앞으로 데리고 가야 할 신에 대하여
생각하고 있다

신은 반발할지 모른다
내가 너를 여기까지 데리고 온 것이라고,
그래도 괜찮다
신은 신이 아니어서
신에 대한 불경이 아니라고 신을 다독여 준다
아니, 내가 발 디딘 곳 어디에나 신이 있었다고

진심의 고백을 한다

한겨울 등굣길
아궁이에 따뜻하게 신발을 데워
댓돌 위에 얹어놓던 아버지의 손이
어린 내겐 신이었다
그 신을 신은 나의 발은
춤추듯 가벼웠고
눈 내린 등굣길에선 뽀드득 뽀드득 웃음소리가
쏟아졌다

손바닥에서 쏟아져 나오는 개미 떼들이
사방으로 흩어진다
개미 한 마리가 또깍또깍 하이힐을 신고 도착한
세상에서
부르트고 물집 잡힌 발
나의 신은 발바닥에 못이 박히고 옆구리가 찢어

질 때까지
　나의 발을 감싸 주었고 발 디딜 곳을 지켜주었다

　무릎을 갈아 끼우고
　치아를 갈아 끼우며
　낡아가는 나의 신,발

　흙을 털고 물기 말린 발의 신을
　르네 마그리트 그림 속에 다시 넣어
　조용히 책상 앞에 걸어 둔다

송연숙

2016년 월간 〈시와표현〉 신인상. 2019년 〈강원일보〉, 〈국민일보〉 신춘문예
당선. 2023년 한국서정시문학상 수상. 시집 『측백나무 울타리』 외.
현재 중학교 교장. 강원대학교평생교육원 시창작 강사, 국민일보신춘문예회
회장

눈을 만지다 _{외 4편}

신 미 애

손바닥에 눈을 올려놓은 순간
짜르르 손바닥을 타고 가슴을 관통하는
이 냉기는 깨진 사랑의 감촉
오래전 어긋난 약속처럼 선명한 통증
형체도 향기도 없지만
칼에 베인 듯 또렷이 기억을 깨운다
온몸을 휘감던 설렘이 희미해지고
손목으로 차오르는 서늘한 느낌
식어가는 가슴을 흔들던 지난 겨울의 기억들,
남은 햇살에 젖은 마음 쬐며 이곳까지 왔다

내 사랑의 구성은 허무함으로 이루어졌다
손바닥에 앉았던 하얀 몸은 흔적 없이 녹아
손가락 사이로 흘러내린다
남아있는 물기는 오랜 침묵 같다
나는 잠시 슬픔을 껴입고
눈 내리는 그 날을 향해 걸어간다

오래된 이름이 내 무릎까지 차오른다

습관성 일요일

그는 지워진 존재
전화벨은 울리지 않는다
새벽 일곱 시에 서둘러 나가던 잠이 소파에 늘어
져 있다
선명한 초침 소리만 거실을 돌아다닌다
슬리퍼 끄는 소리도 멈추고 시간은 제멋대로 흘
러간다

시든 화분에 권태가 매달린
4인용 식탁, 의자는 늘 비어 있다

소파에 파묻힌 오후가 기지개를 켜고
잠시 적막이 술렁인다
불안이 리모콘을 집어들고 TV는 목청을 높인다
재방송 드라마나 오락프로에 고정된 시선,
흥미는 잠시 머물다 가고
부스스한 표정이 다시 잠에 빠져드는 동안

러닝머신에 먼지가 끼고 뱃살이 늘어진다
밤 늦은 거리를 전전하던 동선은 집 안에 갇혀
빙빙 돈다
늘 같은 풍경,
여행도 대화도 외출도 말라버린 우울한 시간이
실내에 쌓여간다
일요일은 습관처럼 복제된다

시차時差

다섯 시 삼십 분, 휴대전화 벨 소리가 그녀를 일으
킨다 꿈속을 비행하던 고3 딸아이 좌우로 쿵쿵 요동
을 치다 경착륙, 조식은 소고기덮밥과 콩나물국, 유
니폼을 차려입고 여섯 시 십분 학교를 향해 이륙한다
관제탑에 앉은 그녀는 하품하며 TV를 본다 면도기
웅웅거리는 소리, 슬리퍼 끄는 소리가 졸음 속으로
뛰어든다

여덟 시, 토스트에 우유 한잔을 마신 감색 정장 차
림의 남편은 마천루를 향해 날아간다 대학생 아들은
저공비행으로 잠 속을 순항 중, 지난밤 언제 입항했
는지 아는 사람은 없다 열 시나 되어서야 연착륙, 브
런치로 곰국과 김치를 주문한다 오후 한 시에 이륙
예정이라며 비행 이론서를 읽는다

딸은 밤 열 두시에 착륙한다고 교신을 보내왔다
남편은 일곱 시에 착륙, 무장 해제상태로 리모컨을

들고 눈이 가물가물, 야간비행을 준비 중이다 아들에
게 아홉 시까지 안착하라고 수 차례 무전을 쳤지만
안개가 끼어 항로를 이탈했다는 응답, 오늘도 네 식
구 한자리에 모이기는 글렀다

표정을 만드는 아이들

아이들이 도시를 떠돈다
늘 빤한 스토리
아버지는 돌아가셨고 어머니는 병으로 몸져 누웠다
남루한 차림으로 준비한 말을 앵무새처럼 지껄인다
때 절은 손이 삐뚤한 사연을 무릎에 올려놓는다
외면하는 얼굴들,
마주한 눈동자에서 냉기가 전해진다
설핏 관심을 보이는 표정에게 재빨리 애절한 눈빛
을 보낸다
길들여진 생존전략
견고한 불안이 눈치를 키웠다
주름진 생으로 시작한 아이들은
또 하루치의 할당량을 채워야 한다
그들은 구걸을 챙겨들고
부유하는 주소에서 몸을 웅크릴 것이다
입구도 출구도 같은 곳에서
늘 빙빙 제자리를 돈다

어둠이 입을 벌리는 곳,
점점 더 깊은 절망으로 걸어 들어간다
지병을 앓는 도시,
다리를 절룩이는 아이가
또 구구절절 사연을 들고 다가온다

골방일기

　　침대에 기대어 앉은 노인이 리모콘을 쥔 채 졸고
있다 구부러진 왼팔이 불안하다 TV 속에서 바깥 풍
경이 흘러나온다 꾸벅거리다가 눈을 뜬다 기억이 물
러날수록 비대해지는 식탐, 철재 침대를 두드리며
방금 챙긴 끼니를 보챈다 쟁반이 달려올 때마다 어
둠이 한 발 물러선다 침대 밑에 악취를 숨겨 놓고 밥
을 먹는다 입이 한쪽으로 씰룩거린다 조급증이 줄
줄 턱받이에 떨어진다 빈 그릇에 욕설이 수북이 담
겨나간다 추억을 과다복용하는 노인, 포장된 과거를
펼쳐 소싯적 전성기를 주절주절 흘린다 기억이 왼
손 오른손을 포개고 때로는 엇갈린 족적들이 제멋대
로 떠다닌다 종일 꺼지지 않는 TV가 혼자 노래하고
춤춘다 몇 달째 얼굴을 볼 수 없는 자식, 간간이 목소
리만 먼 곳에서 날아온다 하루가 체머리를 절레절레
흔든다 잠복해 있는 분노가 눈을 치켜 뜨고 미간을
찌푸린다 새벽 두 시, 깊은 잠을 두드리는 소리 동물
성의 시간이다

신 미 애

2012년 〈시와표현〉 등단.

시집 〈식물의 체온〉 외.

접이식 잠 외 3편

이 도 훈

접이식 잠을 펴고 잠이 듭니다.
인간의 몸이란 참
접고 펴기 좋은 관계들입니다.
웅크리든 엎드리든 모로 눕든
모든 잠의 자세에 그날그날을 맞추는 겁니다.
잠은 접힌 곳마다 뒤척거리는 후렴이 있고
도돌이표가 끝나는 마지막에는
오줌이 마려 옵니다.
그것은 밤사이 흘렸어야 할 눈물이거나
불시착하려는 비행기가 버려야만 하는
가솔린 같은 것인지도 모릅니다.
접힌 잠을 펴지 않으면 사인이 됩니다.
자세를 잃어버린 꿈은
고인의 마지막 굳은 풍경이 됩니다.

잠에서 깰 때마다
자던 모습을 뒤돌아보지 않으려고 애씁니다.

　　헤어진 연인을 만난 것처럼 주섬주섬 자리를 피
해갑니다.
　　접었던 잠을 펴는 데는
기지개만 한 것이 없습니다.
먼지 쌓인 이불을 털 듯 펄렁 펼치고
다시 영혼을 끌어당기듯 탁!
잡아들여야 합니다.

날마다 사용하는 자세가 수십 개나 됩니다.
평생 배워오고 잊혀지는 자세들입니다.
밤이 되기 전 또 하나를 잃어버릴 것입니다.
그렇게 접이식 잠에 맞춰 삽니다.

칼등

가끔 배는 등의 힘으로
버티고 있다는 생각이 든다.
날카로운 면으로 자르는 칼은
사실 칼등의 힘으로 두 동강을 얻는다.
쉽게 나누어진 것은 칼날만 보았겠지만
시퍼런 칼날을 품고 버틴 것들은
칼등을 볼 수 있었을 것,
갈라진다는 것은 쉽게 나누어지는 족속들
어쩜, 날카로운 칼날이 아니어도
칼등의 위협으로 분열하는
세포와 같은 것.

우리는 칼등에 앉아 있는,
칼날 쪽으로 옮겨가지 않으려고 발버둥 치는 존
재들
결정짓는 것은 칼날이지만
선뜻 칼날에 설 수 없는 시야視野 같은 것.

쉽게 얻어지는 답들을 보며
등을 다시 한번 갈아가는 것.
등 뒤를 넘겨보던 호기심이
근심스레 연명해가는 줄타기 같은 것.

칼날이란
칼등의 비스듬한 양보이고
늘 칼날 쪽으로 미끄러지는 중이다.
모래가 비스듬한 해안을 따라 미끄러지고 쌓이듯,
잘 여문 바람이 늦가을 매달린 것들을 옮겨 다니듯,
날카로운 결정 쪽으로 흘러내리고 있는 중이다

등을 밀어 올리는 배부른 질문들은
배고픈 답을 얻지 못할 것이다.

잇달아,

잇달은 골목들이 길가를 따라 매달려 있다.
그 길이와 길이 사이에서 쉰 적이 있었을까
혹사당한 적이 많았을까
어떤 소리라도 처음부터 끝까지 들을 순 없었다.
시골집 뒷산에 뻐꾸기 소리가 그랬고
무덥던 여름 장맛비 소리가 그랬다.

세상의 존재들이 다 잇달아 움직이고
지구의 골목에는 달과 태양, 아침과 저녁들이
태엽처럼 매달려 있다.
알고 보면 지구도 마냥 도는 것이 아니라
잇달아 돌고 돈다.
아직도 커지고 있어 그 끝을 알 수가 없다.

잇달아 진행되는 틈틈이
우리는 쉬고 자고 일하고 죽고 태어난다.
잇달아 가는 소리와 잇달아 오는 소리가 겹쳐질

때도 있다.
  그럴 때마다 잠깐 끊어진 듯한 위안으로 침묵했다.

  서른 살이라면 서른 번의 틈을 지나왔다는 것이다.
  오늘처럼 찬 바람이 매섭게 불던 날이면
  어느 골목이라도 빨리 들어가고 싶었다.

  그 틈에서 나는
  바짝 마른 혀를 깨물고 조여오는 가슴을 한쪽으로
기댄 채
  정신없이 휘둘려야 했다.

  잇달아 들려오는 건조한 톱니 소리가
  숨을 간간이 끊어냈다.

발자국이 발견되었다

발자국이 발견되었다.
어제도 아니고 먼 미래도 아닌
1억 몇천만 년 전으로 걸어간
이족보행이 발견되었다.
비가 오는 날이었고
어떤 자연은 분명,
보관할 만한 흔적이라고 판단했을 것이다.
아득한 시간의 과정은 늘 저 앞에 소멸이 있고
대신 뒤에 그 흔적을 남겨놓는다.
1억 만 년은 어느 쪽이었을까
과거이기도 하고 미래이기도 한,

시간은 편도가 없다.

어제 텃밭에 디딘 내 발자국도
간밤에 내린 빗방울도
1억 몇천만 년 동안 반복되었다.

오랫동안 보관된 빗방울 자국에선
소나기 소리가 들렸고
아침 희뿌연 안개가
화석처럼 굳어 있었다.
맨 앞서 걷던 발자국 하나가 뒤를 돌아본다.
성큼 내딛는 발자국을 따라
1억 만 년 전의 발 딛음,

나는 지금 여행 중이다.

이 도 훈

2015년 〈시와표현〉 등단, 2020년 〈한라일보〉 신춘문예 시 부문 당선
〈온새미로〉 동인. 문학매거진 〈SIMA〉 발행인
2018년, 2022년 아르코문학창작기금 수혜
시집 『맑은 날을 매다』 『봄날은 십 분 늦은 무늬를 갖고 있다』

막다른 절정 외 4편

이 수 니

여기까지 잘 왔다
물도 막다른 곳에 다다르면 꽃을 피우는 것이다
뿜어져 나오는 동파.
한겨울 물의 감정이다

지하 월세방 틈으로 막다른 물길이
번져 나오던, 번져 나와 푸르스름한 꽃 피우던
우리는 방 한 칸으로
즐거운 고립을 배웠다

봄, 파랗고 붉은 나무들의 파열
막다른 곳에 다다른 한여름
팽팽한 이파리들과 참을 수 없는 열매들
턱, 턱 갈라지고, 흔들리는
막다른 물은 둥글어간다

둥글어지는 것은 마디가 없다

앞은 항상 매끄럽지 않고 불안은 설렘을 동반하고
막다른 곳은 설렘의 지름길
유목의 피가 도사리고 있다가
목적지도 방향도 없는 이곳을 빠져나가는 것이다

때론 두 갈래 길에서도
돌아서거나 묻지 않을 것이다
다만, 도달할 곳의 지도가 필요할 뿐
오직 솟구치기 위하여.

출구에서 입구까지

상류를 따라 상류를 향해 치닫는 연어 떼들
죽을힘을 다해 역류를 다스리며
오직 모천을 향해 오르고 오를 뿐이다

永遠回歸*인가, 절규하는 순례자여

그곳은 深淵도 아니요
위대한 별이 빛나는 곳은 더욱 아닐진대
단지 몰락의 시간이 기다리고 있을 뿐
상류로, 상류로 치닫는 群像들이여

멈추어다오, 죽음을 각오하는가

다다른 모천, 금의환향은 바란 적 없지만 잘 살아
왔다고
박수 대신, 검은 혓바닥이 창살처럼 길목을 지키
고 있다

오늘, 단지 온몸으로 쓰는 내 생의 문장을 완성하
고 싶을 뿐
철벽같은 물살을 가를 때에도 결코 포기하지 않을
것이다

세상이 쳐놓은 올무에 포획되는 순간
나는 거친 포말로 무장할 것이다
삶의 無常보다 꿈을 버려야 하는 이 난감한 悲哀를
헛물을 켜며 오르고, 오를 뿐이다

피도 눈물도 사라진 허물이여
박혀있던 통증들이 부화를 꿈꾸고 있다.

* 〈차라투스트라는 이렇게 말했다〉에서, 니체의 핵심사상

갈등

칡넝쿨은 여름에 평온하고
가을에 갈등한다.
마치 한 척의 범선처럼 고요히 떠 있다
정어리 떼인 양 펄떡거리는 이파리 밑에는
치열한 암중모색,
난류가 여러 갈래로 난무하고 있다
길목이란 지나온 길마다
목을 걸었다는 뜻일까
직선으로 뻗을 것인가,
곡선으로 살아남을 것인가
갈라진 등줄마다 무릎이 휘어져 있다

가을엔 보인다, 저 아수라장.
저희끼리 멱살 잡고 있는 투명한 매듭들
서로의 길목을 잡고 아니,
잡아 주고 있는 결박,
서로 머리를 맞대고 있는

저 숨어 있는 갈등은 대수롭지 않다는 듯
갈꽃은 보랏빛 딴청을 피운다.
꽃이란 얼마나 가벼운 생각인가
얽히고설키는 일에는
관심조차 없는 무심한 성격이지만
가을이면 늘어나는 갈등은
나뭇단을 묶거나 오합지졸 낱개들을
한데 모우는 데는 안간힘을 쓸 것이다
가파른 야산은
칡넝쿨의 궁리로 든든하다.

어린 뇌물

어릴 적, 받는 것보다 주는 것이 더 부러운 적 있
었지.

그 맘 알겠다는 듯 때마침 애호박 하나 열렸지. 밭
두렁 풀섶 한 자락 깔고 햇살을 말아먹은 호박꽃, 호
시탐탐 망을 보고 무성한 배경 뒤에는 든든한 줄이
있다는 듯 호박넝쿨, 울타리를 타고 넘었지. 새끼줄
에 묶여 덜렁덜렁 걸었지. 학교까지 시오리 길, 긴 강
둑을 따라 돌멩이의 모난 정頂들이 발등을 찧었지.
코스모스 꽃길 붕붕거리던 벌들을 기억의 회로에 꽂
으면 지지직거리는 화면 속 호박넝쿨은 애호박을 달
아 놓았지.

호박넝쿨은 십오 리 학교 길도 단숨에 넘었지

어린 마음, 어린 뇌물, 함께 놀다 온 애호박은 자
전거 뒷자리 타고 선생님과 함께 하교했지. 호박잎

같은 손 머리를 쓰다듬어 주시던, 애호박 열릴 때마다 지금도 어떤 손길은 시오리를 뻗어와 내 머리를 쓰다듬곤 하지.

웃음 난로

웃는 얼굴에 두 손을 대면 따뜻하다
웃는 입에선 활짝 핀 입김이 호호 나오고
자칫, 깔깔거리는 웃음은 뜨겁다

불씨를 품은 색시 같은 화롯불
다다닥 모여 피는 모닥불
든든한 구들장 아궁이 군불

이 모두가 웃음의 종류들이다

따뜻한 아랫목은 한 집의 웃는 얼굴이다
이불 밑으로 손을 넣으면 따뜻한 웃음이 번져나
온다
웃음은 어느새 거미줄을 치고
차가운 얼굴을 걸러낸다

활짝 핀 꽃들에게선 봄의 웃음들이

실타래처럼 히죽히죽 풀려 나온다
꽃밭은 담장 안의 아랫목
불타는 아궁이 같은 꽃밭에선
보글보글 꽃이 끓는다

웃음은, 뒤뚱거리는 아기의 걸음마
무지개를 잡을 수 있을 거라고,
겨울을 따뜻하게 날 수 있는 방법은
웃음 난로를 피워내는 거라고

웃음 환한 내 어머니의 얼굴엔
자글자글 열선들이 무수히 엉켜있다

이수니
2015년 〈시와 표현〉 등단, 시집 『막다른 절정』

당신 집에서 쉬었다 갈께요 외 4편

임 은 주

등으로 종기腫氣라는 달이 다녀갔다

세상 두루 다니며 누구나의 눈 속에 들었다
세상 두루 다니며 누구나와 걷기도 했다

새벽 눈을 떠서 하루를 다 걷고
또 틀린 각角이 있나 하여
밤새 서성이다 가로등 옆에도 서 있다

발이 앓고 걸음이 닳고 눈이 젖자
낮에 벌어진 일화를 씻으려
창 밝은 정물 안으로 따라간다

눈 안에 이미 들어찬 새벽 하현들이
도시락 속 호박 달을 뒤집다가 서쪽으로 식는다

반만 뜬 눈으로 빨래에 앉은 초저녁 상현은 자정

에 지기도 한다
　몸속 피처럼 돌고 돌던 달빛,

　어둠을 아침으로 뒤집느라 365일 지새우기도 재채
기도 하면서
　체하기도 토하기도 하면서 1년을 50번 이상 달렸다

　처녀 아르테미스의 나체를 본 경험이 아교 같았다
면서
　구월九月 초승달부터 해가 바뀐 이듬해 二月,

　삭朔에서 망望까지, 망에서 망까지
　말뚝에 묶인 사슴의 눈동자에서
　하현으로 몸을 바꾼 어느 금요일 문득 안부를 물어
왔다

　당신의 등은 슬픔이 쉬었다 가는 낮과 밤이니까

　짐승의 뿔로 누운 악타이온의 식은 발을 태우는
등이니까
　달의 역驛은 두 손이 등 뒤로 묶인 겨울이어서
　수렵의 숲에 들기까지 사나흘 몸만 녹이고 떠나
겠다 했다

　빠져나간 종기 앓던 자리엔
　만진 적 없는 달 안쪽으로 찢긴 악타이온이 그슬
려 있다

찰나의 행복

떠내려가는 시간을 붙잡는 간절함으로
가족사진만을 구해야 한다는 듯이

물에 부푼 교복은 큰아이 스포츠머리처럼 단정하게
진중함과 진솔함은 선염의 추억에서 살려왔다는 듯이

기타리스트를 꿈꾸는 작은 아이 휘파람에
봄바람이 머릿결을 쓰담쓰담해야 한다는 듯이

활짝 핀 가족사진 속 행복을
강변사진관 지나다 만난다

너에게는 우리가
우리에게선 너가
잊히면 안 된다는 안간힘으로
도둑맞던 시간을 가둬두겠다는 남자가
'찰칵' 소리 안에 시간을 가둔 적 있다

사진 속 가족은 네 사람인데
맨 얼골 속에 두 명의 여자가 들어있다

손에 물 마를 새 없이
하려던 일을 접던 여자가
정작 할 일은 물거품으로 흘려보내던 여자가
남자의 왼쪽 호주머니처럼 구겨져 있다

지난달 도수 치료실에서 마주친 저 여자
의원의 손이 목을 접을 때, 척추와 등과 허리를 펴
줄 때
입꼬리가 심하게 꿈틀거리다 일그러질 때
여자의 엄마가 그녀의 양미간에서 걸어 나갔다

- 늘 엎드려 무엇을 기도하나요?
거북목 고개만큼

(s)자 등도 왼쪽으로 비탈을 형성했고

기형은 뒤태에서만 보인다는 의원의 질책에
꼬리뼈 안에서 집을 벗어버린 여자가 걸어 나오고
방향 없는 걸음을 끌고 가다 소스라친다

가족이라는 병病*에게
행복을 강매당한 건 아닌지
생활의 노동엔 공동의 생각을 담았었는지
두 개의 잠은 두 개의 방에 허락된 적은 있었는지

물결 출렁이는 강둑 밖으로 건져 올린
가족사진 속 달팽이 족(家系)의
굼뜬 보폭이 낯익다

* 시모주 아키코(수필가), 에세이집

오늘 나는 집으로 외출했다

남의 편 사람이 말했지, 생활의 단순이 시간을 이길 수 있다 라고,

차에 키를 꽂아놓고 집 생각을 한다

집 생각만 하면, 갓난아이 보듬듯 목이 꺾인다 숨이 가빠온다 지하 엘리베이터 앞에서 18층을 누른다 집 안으로 뛸 준비를 했나 보다 현관이 활짝 열려 있다

잠가진 가스 불을 다시 잠갔는데도 가늘게 살아 있다 아주 가늘다 내 숨소리 같다 단순하지 못해 부엌을 바라보며 안방 문을 연다 작은 방, 더 작은방도 불을 끄고 전기매트도 끈다 꺼진다 방들이 모두 사라진다 이건 전보다 조금은 단순하다

예약 시간 25분 전이다

숨이 가빠온다 숨을 골라야 한다 어떤 숨이 가장 차분할까 단순을 위해 생각을 고르고 고르다가 소파에 앉는다 두툼한 패딩에 감싸인 몸으로 고양이 잠이 쏟아진다

지난주 장면, 아니 지난주로부터 18년 전부터인 연속 드라마,
　-AE, 18!(경탄의 언어는 분명 아닐 듯), 길에서 졸면서 걸을 때다

반쯤 돌아간 어깨로 눈을 부릅뜬 사람이 이런 총 (AE 18!)을 쏘았다 심장에 총알이 관통되면 안 되니까 잠 속의 림보 속 문을 향해 한 발을 옮겼다.

　-삼 구짜리 가스 뒤쪽 틀어놓고 온 6학년, 세탁실 수돗물 틀어놓고 온 5학년 저기 계시네요……

초청 목사님이 유난히 낄낄 웃으신다 나를 지목
한다 아니 아침저녁 보는 얼굴이다 할퀴는 소리로 바
뀐다 얼굴이 가스 불처럼 달아오른다 주억거리며 슬
쩍 일어선다 자전거 페달을 미친 듯 밟았다 제자리다

곰솥 밑면이 새카맣다 몰려온 검은 연기, 열어젖
힌 앞 창으로 나간다 푸른 바닷물이 밀려든다 터질듯
한 창을 닫고 뒤쪽 세탁실로 내달렸다

누군가 틀어놓은 잔소리로 세탁실 수돗물이 흘러
넘친다 부엌이 출렁인다 바닷물은 푹푹 쌓이고 꽁꽁
언 폭설 속에서 두 손을 치켜들었다 허우적대며 숨이
목을 얼려 올 때 간신히 깨어났다

예약 시간 18분 전이다

다급하다 마스크를 고쳐 쓰고 콜택시를 부를 때
문자가 도착했다

띠링…….
…힘찬병원
…님의 내일 척추외과 진료 예약은 14시 35분입니
다

내일의 예약 문자다 단순하지 않다 3년의 밤처럼
반복이다 아직도 오늘이다 단순히 살지 못해서 내일
도 오지 못했다

림보 속 림보와의 줄다리기, 줄을 놓쳤다 어딘가
로 가라앉았다 드라마는 죽었다 예약된 동아줄은 썩
은 동아줄이었나 보다

단지

 우리 사는 아파트 단지에도 옛날처럼 목련은 피고
내 머리털에 흰 꽃 뿌리 뻗었다

단지를 거닐다가 찾아드는 생각은 단지斷指,
볕 좋은 땅에는 아름다운 사람들이 살아서
어김없이 4월은 오고
수많은 머리카락과 손을 숨긴 바람이 간지러웠다

깍두기와 고추 멸치볶음과 오이소박이는 안성맞
춤 익고
　엄마는 대야에 밥을 이고, 나는 막걸리 주전자
를 들었다

모내기 철엔 멀리 갔던 근친들이
자주 빈집을 소리 나게 하고
아이들은 무서운 장난이 무언지도 모르고
손가락을 잃었다

코를 파는 검지와 엄지, 멀리 코딱지를 날리는 중
지 옆에
인지만 굼떠서 소여물 옆 작두날에 날아갔다

일곱 살 사촌 인지가 아궁이에서 팔딱이며 붉게 흐
를 때
오십이 다 되도록 홀아비인 도~도도 그~근이 아재가
울음을 둘러업고 읍내로 내달렸다

도근이 아재께 돌을 던진 아이와 코를 틀어막고
등을 보이던 미선이
검정 고무신 한 짝과 단지를 감싸느라 찢은
흰 러닝을 수거해 왔다

얼룩덜룩 러닝에 새겨진 무늬는
빛나는 땅에 핀 꽃을 감싸기에 충분했다

끝날 때까지 아프리카
- 슬픔의 사명

그림자 둘
가는 목으로 길어지다가
두 마리가 나란히 무리에서 걸어 나오는 일
그림자로 장악해 버리는 해의 농간을 한 쌍으로
보면
오해,

도전자 수컷이 먼저 오래 산 기린의 상체를 후려
친다
오래 산 수컷도 젊은 기린의 상체를 후려친다

도전자 수컷이 다시 오래 산 기린의 상체를 힘을
다해 후려친다
오래 산 수컷도 다시 젊은 기린의 상체를 최선을
다해 후려친다

서로의 목이 부러질 기미가 없자

두 그림자는 서로의 무기를 바꾸기로 한다

도전자 수컷 먼저 있는 힘껏 오래 산 기린의 엉덩
이를 후려치도록
오래 산 기린이 양보한다
해도 지쳤는지 중천에서 멀어져 물러나 있다

오래 산 기린은 젊은 기린의 근육질 엉덩이를
온 힘껏 후려치지 못했다
젊은 수컷이 후려친 공격에 오래 산 수컷 무릎이
풀어져 무릎을 꿇는다

도전자의 즉위가 가까울 듯 빗물 웅덩이가 몰려
온다
달큰한 잎만 먹어 치운 편견에 지평선이 미끄러
지고

주름 깊은 그림자에 자연력의 확실성을 보탰다

오래 산 수컷이 도전자의 안쪽 다리를 후려친다
오래 산 수컷이 젊은 수컷의 아랫배에 일격을 날
린다

이성의 힘만으로는 왕이 될 수 없다
끝낼 때까지 끝난 것이 아니었으므로

임은주

2009년 부천 신인문학상 수상. 2014년 월간 『시와표현 신인상』, 2019년 『무등일보』 신춘문예 시 부문에 당선. 부천 신인문학상 운영위원, (사)한국작가회의 부천지부 회원. 시집 『사라진 포도월』 등.

첫눈, 스발바르에서 외 4편

장 유 니

양치기 소년의 눈썹에 떠돌던 말들이 흩어지고
시계는 제각기 다른 시각에
멈춰 섰다

괄호 안에 갇혀있던 점, 점, 점
얼어붙은 말들이 마른 귀를 노크하고 일각수처럼
박차를 가해
더 높이, 더 깊이

끓었던 마음이 휘파람 소리로 떨어지는 게
첫눈 내리는 소리라지

하늘로 올라간 풍등을 쫓아 뿔 달린
오토바이가 질주한다
길을 지우고
홀연히
너는 없다

눈 쌓인 툰드라별꽃이 천 갈래 바늘로 죽었을 지도 모를
하늘을 향해 별을 쏜다

계절이 없는 계절

백기를 든 스발바르에 매일매일
첫눈이 내린다

방드르디, 더 오래 더 멀리

나는 화살을 만든다

태양은 뒷골목으로만 굴러다녔지

오늘 아침 한 그루 나무가 솟아올랐어 올리브를
먹을까 저녁마다 노을 품는 올리브나무 식탁에는 방
드르디 떨어진 씨가 열매로 보였지 올리브 씨앗 속에
기도처럼 발아하는 소원 나무는 위장을 뚫고

바람이 몰려다닌다 방드르디 낡은 휘파람 날리는
고원에는 내가 쓰지 못한 문장과 네가 읽지 않은 책
들과 네가 풀려고도 하지 않은 매듭들 올리브 이파리
들이 음율을 흔들고 있었지

숨이 막힌 고래가 해안가에 기어오른다는 이유
하나로 몰래 키우던 방드르디 금붕어 수조에 황금갈
기 사자를 내다버렸다지 방드르디 방드르디의 방언

으로 번지는 비린내들 지구상에는 온통 비대면의 지
질학적 세계 방드르디가 원을 그릴수록 중력이 사라
진다 네 입술에 담긴 담배연기 눈을 깜박거리는 내일
을 향해 날아갈 화살을 만들고 있지

　밤에는 방드르디의 규율이 있어, 웃지 말 것 잠들
지 말 것 꿈꾸지 말 것 사랑하지 말⋯, 고독할 것

　남극에서 보낸 통조림을 따다가 차가운 피가 손
가락에 얼어붙었어 물음표가 찍힌 네 이름 그 때문에
올리브 나무 어린 묘목에 쏠린 환풍기 바람이 덜컹덜
컹 창문을 흔들었지 방드르디 그 사이 바스락거리던
오월의 한 나절이 지나간다

　나는 더 높이 더 멀리 쏘아올릴 화살을 만든다

마타도르의 물레타[*]

스푸마토 풍경 속으로 달리는 기차 창문을 열면
아무것도 없다

내가 좋아하는 나쁜 남자, 나를 좋아하지 않고 혼
란한
혼돈 속 커튼을 열면 밤새 쏟아지는 불안
폭우를 닮은 목소리

검은 침묵 속에
뭉그러진 생일 케익처럼 쉽게 예측되는 과거와
쉽게 지워지는 프랙탈의 미래 그리고 뭐라 규정
할 수 없이
더듬거리는 문장들

황금빛 정령들 같이 어린 웃음이 있다

착하게 늘어선 와인 병들 발가벗은 한 여인이 빈

병 속으로 들어가
　글뤼바인을 마신 잔 속에
　정향나무를 심는다

　그의 고요와 나의 격정이 프로타주frottage로 뒤엉
킨다
　시간이 흩어졌다

그러거나 말거나

주머니 속에 넣어둔 장갑이 아주 잠깐 안 보인다

아예 잠적해버리고 안 나타나거나 말거나
그런데 깜짝
있어도 그만 없어도 그만 장갑은 어차피
잃어버릴 거니까

시를 읽지 않는 너
읽어도 모를 테니까 이해하지 못할 테니까

내 꿈에서는 사랑에 실패한 일각고래가 아델린펭
귄에게
흰 모자를 씌워주며 구애를 한다

일각고래여, 나를 찾지 말아줘

내 사랑은 시작을 했거나 말거나 끝이 났거나 말

거나

　지구의 축이 가끔씩 기울어 펭귄의 어깨 위로 달
을 띄워 올리지
　숨이 막힌 일각고래가 동그란 한쪽 유방을 잘라
훅 던져버린 게 고작
　저 달이야

잃어버린 장갑을 찾아다니는 꿈을 잃어버렸어

　애인은 있어도 없어도 상관없지 시는 써도 안 써
도 뭔 상관 상관없지
　잃어버린 애인은 호주머니 속 북국의 숲속을 헤
매거든

일각고래의 높은 울림 노래가 숲길로 이어진다

가젤, 봄에 관한 몽상

유방 하나를 도려내고 나는 춤을 춘다

들판에서는 들쥐들이 계절을 옮기느라 정신없이
바쁘고
어둠에 잠기는 들판은 붉어졌다

늑대 무리가 춤을 춘다

아무 이해관계도 없이 우리는 같은 춤을 추고
같이 잠들며
서로 폐부를 깊이 찌르는 법을 안다

오래도록 사랑해온 자들의 내공
한 번에 훅
들판에 불을 지르고

엉덩이에 숨겨둔 늑대의 꼬리를 꺼내 가젤을 쫓
는다

장유니

2019년 계간 〈시와표현〉 등단.
연세대 불어불문학과 학사 및 미국 펜실바니아주립대 석사 졸.
중앙대 및 서울교대 등 영어 강의.

바벨탑의 신화 외 4편

정 병 기

바벨탑 이후 인간의 언어는 신의 언어와 달라졌다 바벨탑의 신화는 아담과 이브에 이어 인간이 신에 도전한 두 번째 시도였다 아담과 이브는 신으로부터 금지된 열매의 하나를 먹었다 에덴동산에는 세 그루의 나무가 있었는데 그중 두 그루가 지혜의 나무였다 아담과 이브는 '선악을 알게 하는 지혜의 나무'에 열린 선악과를 따 먹었고 '지식과 상상을 가능케 하는 지혜의 나무'에 열린 지상과智想果도 먹으려 했다 사라진 창세기에 따르면 선악과는 종교와 도덕을 인식할 수 있게 하는 지혜의 열매이고 지상과는 공동체의 평화와 발전을 가능케 하는 지혜의 열매다 그들은 지혜의 나무 열매를 먹고 신과 그 피조물의 세계를 더 상세히 알고자 했다 신을 경외하고 사랑했기 때문이다 그런데 "사람이 우리들처럼 선과 악을 알게 되었으니, 손을 내밀어 생명나무 열매까지 따 먹고 끝없이 살게 되어서는 안 되겠다" 전해오는 「창세기」 3장 22절의 기록처럼 신은 그들을 오해해 내쫓고 에덴을 폐쇄했다 그래도 아담과 이브의 후손들은 신을 버리지 않았다 바벨탑을 쌓아 지상과를 먹으려고 다시 시도하며 신에게 다가가려 했다 그러나 바벨탑을 보고 신은 또 다시 오해했다 그들이 영생과를 탐냈을 뿐 아니라 자신의 권력마저 노린다고 본 것이다 신은 박탈 가능한 자신의 지위가 불안했다 두 번째 시도가 가능했던 것도 사실은 인간이 신의 언어를 쓰고 있었기 때문이다 그래서 인간들이 더 이상 신의 언어를 쓰지 못하게 했고 안전장치로 인간들끼리도 다른 언어를 쓰게 했다

인간은 지상과를 획득하지 못해 세상을 평화롭게 다스리는 지혜를 얻지는 못했다 하지만 바벨탑을 쌓으면서 상상력을 길렀는데 언어마다 다른 신이 생겨난 것도 그 때문이다 세 번째 시도는 가능할까 관건은 신의 언어를 알아낼 수 있느냐 하는 것 그러나 바벨탑의 경험은 상상력을 통해 인간 세상에서도 지상과의 효과를 획득할 수 있음을 알게 해주었다 영생과를 지상地上의 과일로 재배할 수 있을지는 몰라도

신데렐라

신발을 쌓았습니다

두 짝씩 갖추었습니다 짝 잃은 신발도 쌓았습니다 한 가지 색만 모으지는 않았습니다 구할 수 있는 다양을 모두 모았습니다 그렇게 신총을 만들었습니다

발이 보입니다 목은 없습니다 목 없는 발들입니다 목발이 아니라 발목 없는 발들입니다 유리 구두만 없습니다 유리로 만든 구두를 신을 수 있는지 묻지 않고 찾았지만 찾을 수 없었어요 발에 신을 맞추는 시절이어서 주인은 찾았지만 다른 한 짝은 끝내 찾을 수 없었대요 이미 유리로 돌아간 걸까요 부서진 걸까요 무도회에 두고 간 유리 구두만 구두로 남아 있었던 건가요 구두로 전해져 오다 사라진 건가요 세상의 모든 신발, 그렇게 신총을 만들었습니다

새 신은 없습니다 신발 가게가 아니니까요 헌 신만 헌신짝 버리듯 던져 쌓았습니다 정해진 순서나 기준은 없습니다 구하는 족족 던졌습니다 목 없는 신을

무작위로 던져 산더미처럼 쌓았습니다

　　도서관이 됩니다 신총에는 신만 있는 게 아닙니다 신에 녹아든 냄새가 발의 자국입니다 상처로 추억으로 흔적으로 써 있습니다 총으로 쌓아 놓으니 사라지지 않습니다 신총은 발총입니까 신에 발을 맞추는 시대라 신데렐라도 한 명이 아닐 거예요 목이 없어도 몸을 상상할 수 있습니다 아우슈비츠의 신발관처럼요 교토의 이총처럼요 규격은 누구나입니다 그렇지만 상처와 추억의 사연은 같지 않습니다 한 켤레 한 짝의 신발에 한 가지 사연만 있는 것도 아닙니다 그렇게 탑이 되더군요 무너지지 않는 바벨탑입니다

　　마음에 신총을 하나씩 가지고 있습니다 누구나 말이죠 생전에 우리는 몇 켤레의 신발을 신었을까요 사전에는 몇 켤레의 신발을 더 신을까요 생후 몇 개월부터 우리는 신을 신으며 살았을까요 사후에도 신을까요 생과 사는 같고도 다릅니다 신을 만나면 신이 필요 없어질까요 그렇게 우리는 생전과 사후에 두 가

지 신을 모두 가질 수 없는 건가요 신이 발이 될 때까
지 신은 신발도 있을까요 신은 신발입니다 신의 발입
니다 비행기에 타고 날며 배에 타고 물을 건넙니다
자동차를 타면 쏜살같이 달립니다 그렇게 살아왔지
요 그렇게 살 거고요 신은 압니다 신은 신발을 마음
속에 차곡차곡 쌓습니다 그렇게 크리스털이 만들어
집니다 신총의 꼭대기에 한 짝의 구두가 반짝입니다
　신을 두고 발들이 뚜벅뚜벅 걸어 나옵니다

맞는 줄 알면서도 들으면 기분 나쁜 말
이 있다

가령, '사람이 세상 전부를 사랑할 수는 없어
…. 너는 나의 전부야'
라는 말을 남자친구로부터 듣는다면 말이다

센스 있는 친구라면
'너에게라면 나는 그 불가능을 해낼 수 있을 것 같아'
라고 수습할 텐데

때로는 '너 하나만은 영원히 사랑할 거야'라는 말이
길어질 수도 있다
위험하지만 끝까지 들으면 더 기분 좋은 말도 있다

멜로디와 저수지

없는 문을 달려 멜로디를 훔쳤다
응시를 빼내 저수지의 물로 훔쳤다
날씨가 들이치고 순간은 속수무책이었다
오면 오지 않고 가면 가지 않는 시간이었다
봄 겨울이 가고 갈 여름이 또 그렇게
너에게로 떠났다

손님처럼 짧게 머물다 오지도 가지도 않았다

훔친 멜로디로 멸치 떼를 만들고
저수지의 응시로 바다를 이루었다
저 멸치들의 지느러미 날갯짓
모두 모으면 백두산 하나쯤 밀어올릴까
저 바다 숨탄것들의 지느러미 활갯짓
모두 모으면 지구 하나쯤 헤엄치게 할까
겨울 갈 여름 봄을 향하여
순간을 머물다가 떠나다가

매복

... 전화기를 붙잡는다
가까이 가려다 입은 상처가 아직 치유되지 않은 가슴에
수년 만에 나타난 그미가 ...

그는 가슴을 갈아엎고 마음을 가꾸었으며
그미는 마음을 비우고 가슴을 채웠다

그의 아픔은 내벽으로 서서 흘렀고
그미의 괴롬은 외등으로 멈춰 달렸다

한 사람은 빈 골목의 가슴을 그리워했고
한 사람은 그 바람의 마음을 사랑했다

정 병 기
2016 《나래시조》 시조, 2018 《시와표현》 시 등단
시조집 『대한민국은 민주공화국이다』 『시간 환상통』 시집 『오독으로 되는
시』(2019 아르코 문학나눔 도서)

속도의 변화 외 4편

향 일 화

정을 떼고 숨고 싶다는 것은
삶이 그토록 지쳤다는 의미일까

치매 환자처럼
구석진 곳에 널브러진 폐타이어를 보며
깊은 생각에 잠겼던 하늘이
가녀린 눈물로
먼지 낀 속도를 달래줄 때
땅바닥이 주는 안식의 변화를 읽는다

오른팔 없는 남편을 선택하고
흥건한 아픔은 들키기 싫었지만
신호등처럼, 뒤바뀌는 세상을
자주자주 꿈꿀 때가 많았다

눈칫밥의 세상을
딸들에게 물려주지 않으려

절망의 경고등이 뜰 때마다
난 서둘러
감정이 새는 곳을 찾아
기도의 공기를 주입하며
후회의 내일을 차단했었지

당신과 내가
다툼의 먼지를 일으키며
털털거림은 잦았지만
저기압의 기분을 수시로 점검하면서
지금도 잘 굴러가고 있어
휴, 다행이다

엄마의 기억

꽃도 채소도 끝물의 시간이 있듯이
사람의 웃음도 끝물이 있나보다
우거진 숲처럼 품었던 추억들이
엄마에게서 빠져나가고 있다

가끔씩 엄마를 안아보지만
어릴 적 품속 같은
해묵은 따스함은 아닌 것 같아
나도 모르게
웃음기가 파리해지곤 한다

허물어진 시간을 끄집어내어
엄마의 표정에 발라주면
닫힌 기억이 열렸는지
웃음소리가 높아질 때면
내 기분이 달달해지곤 했지

침대의 시간이 길어지면서
도움이 필요한 순간마다
제일 먼저 찾는 이름이
오빠들이 아닌
언제나 외동딸인 나여서 좋다

엄마에게 잘 배운 사랑으로
지치지 않을 거라고
주말이면 수다의 모종을 심으며
엄마의 기억의 밭을 경작하는 중이다

뭉크의 절규[*]

한 남자가 들춰낸 생의 통증이
두 귀를 닫아도 눈으로 들리니
신음소리를 빼내 주고 싶어서
그림 한 점을 해부하는 중입니다

희망이 빠져버린 머리카락과
초점 없는 눈동자,
비뚤어진 턱과 입술에서
식어버린 생의 애착과 절망이
펼쳐진 노을처럼 핏빛 상처로 흐르네요

세상이 주는 기쁨과 눈물은
놓친 사랑처럼 오래가지 않아요

죽음과 친할수록 우리는
눈앞이 캄캄해지는 사연에
마음이 더 쏠리나 봅니다

겁먹은 그를 제대로 안아주려고
지금, 그림 속으로 들어가는 중입니다
한 남자에게 제대로 빠져드는 중입니다

나비의 풍경

지금은 그대가
불같은 꽃잎의 입술을 다루는 중이네요

저리도 여린 그대의 날갯짓이
자연을 휘감아 도는
거대한 폭풍이 될 줄은 몰랐습니다

먼발치의 팔락거림이 잔물결로 튕겨 나가
빗금을 긋고 그어
무지갯빛 오로라로 감싸게 될 줄,
화들짝 놀랐던 날갯짓이
온몸으로 바다를 밀어내는
쓰나미로 변할 줄은 미처 몰랐습니다.

검게 드리운 먹구름이 저만치 밀려가고
덕지덕지 낀 이끼들도 씻겨가고
마른버짐은 또 어떻게 사라졌는지

팔락일 때마다 일렁이는 물결이
강한 회오리로 휘감깁니다

그대의 날갯짓, 오늘은
꽃잎의 불같은 몸을 다루는 중인가요

비밀을 윙윙 몰고 다니던 벌들을 피해가며
달달하게 묻혀주었던 그대 사랑은
꽃들의 붉어진 뺨에서
어느새, 또렷하게 드러나고 있네요

사랑은 동사입니다

가을 된서리에 젖은 낙엽이 잠잠합니다

그때 노을이 단풍잎 하나를
툭, 건드리니 맑게 떨어집니다
내 사랑도 노을처럼 붉게 떨어져
굴절 없이 시선이 후련해질 무렵
동산에 걸린 달은
누가 당겼는지 환하게 뜹니다

時空의 무게가 무겁다고
행여 그대
내게로 오는 길이 지치진 않겠지요

절기처럼 당당하게 오는 사랑
환한 웃음 절로 퍼지게 하며
생각만으로도 실핏줄까지 저리게 만듭니다

그리움이 섬광처럼 터질 때
환한 얼굴로 달려오는 달빛
그대도 지금 보고 있는지요?
사랑은 마음이 달라붙는 동사입니다

향 일 화

제14회 다산문화제 최우수상. 제7회 경기 노동문화예술제 은상. 제45회 한
민족 통일 문예제전 경북도지사상. TBC 주관 광복 70주년 대회 장려상.
2011년 〈시와표현〉 등단. 시집 『우체통의 눈물』 『풍경 너머에는』

표현하는 사람들

시표동인 003

ⓒ 박무웅 외, 2023

지은이_박무웅 외

발행인_ 이도훈
편집장_ 유수진
교 정_ 김미애
펴낸곳_ 도서출판 도훈
초판발행_ 2023년 11월 17일

사무실_ 서울시 서초구 법원로3길 19, 2층 w109호
          (서초동, 양지원빌딩)
전 화_ 02) 595-4621, 010-6722-4621
팩 스_ 0504-227-4621
이메일_ flyhun9@naver.com
홈페이지_ www.dohun.kr

ISBN_ 979-11-89537-62-5 03810
정 가_ 14,000원